Le roi des bêtises

AGNÈS DE LESTRADE

ILLUSTRATIONS
D'ÉRIC GASTÉ

Chapitre 1

C'est l'histoire d'un roi qui voulait être heureux.
Mais, **bouhhhh** ! il ne l'est pas du tout.
Pourtant, il a des cuisiniers, des jardiniers… et toutes les princesses du royaume à ses pieds.
– Elles sont moches et archicloches ! dit le roi.
Je ne me marierai jamais !

Chaque matin, le roi fait le tour de son château. Et chaque matin, il entend les **marmitons** chanter, les jardiniers siffloter, les soldats blaguer en se battant à l'épée.

– Bouhhhh ! Tout le monde est heureux sauf moi ! dit le roi.

Alors un matin, le roi entre dans les cuisines du château. Il envoie valser sa couronne, saisit une louche et se met à **touiller** la soupe, sous les yeux **ébahis** des cuisiniers.

– Euh… Majesté, votre place n'est pas ici ! s'exclame un marmiton.

Le roi se retourne
brusquement,
bing ! se cogne
au marmiton
et atterrit le nez
dans le bouillon.

– **Bouhhhh !** Que
je suis maladroit ! Je suis
vraiment le roi des bêtises,
pleurniche
le roi.
Et il se hâte
vers son jardin.

– Je vais vous aider à
couper les fleurs fanées,
dit le roi aux jardiniers.

– Euh… Majesté,
votre place est ailleurs !
répondent les jardiniers **en chœur**.

Le roi se retourne brusquement,
et bing ! se cogne aux
jardiniers. Il **s'entrave**
dans leurs râteaux
et atterrit la tête
la première dans
les artichauts.

– Bouhhhh ! pleurniche le roi des bêtises. Je suis un bon à rien maladroit !

Et il se hâte vers ses soldats.

– Je peux essayer votre épée ? demande le roi au chef de son armée.

– Euh…

Majesté, votre place est…

Le soldat n'a pas le temps de finir.
Le roi s'est déjà entaillé le bras.

– Bouhhhh ! pleurniche le roi des bêtises. Je suis nul et archinul !

Et, pour se consoler, il va voir son bouffon.

Chapitre 2

Le roi des bêtises se plante devant Oscar, son bouffon. Oscar est assis sur son canapé avec sa fille Orphée.
– Que puis-je pour vous, Majesté ? demande le bouffon.
Et le roi commence par « Bouhhhh ! » Puis il raconte le bouillon, les artichauts et son bras égratigné.

Et soudain, le roi entend un rire.
Un rire qui le rend heureux.

Car le bouffon **rit à gorge déployée**.

– Majesté ! s'exclame Oscar,
je n'ai jamais autant ri de ma vie.
Vous êtes, sauf votre respect,
le meilleur conteur de tout le pays !

Alors le roi en rajoute. Grimaces, tirage de langue, sauts de biche… Jusqu'à ce que la porte s'ouvre. Les marmitons, les jardiniers et les soldats, attirés par les rires du bouffon, sont tous là.

Et ils se mettent à rire, à rire à gorge déployée.

– Ah ! Je suis le plus heureux des rois !

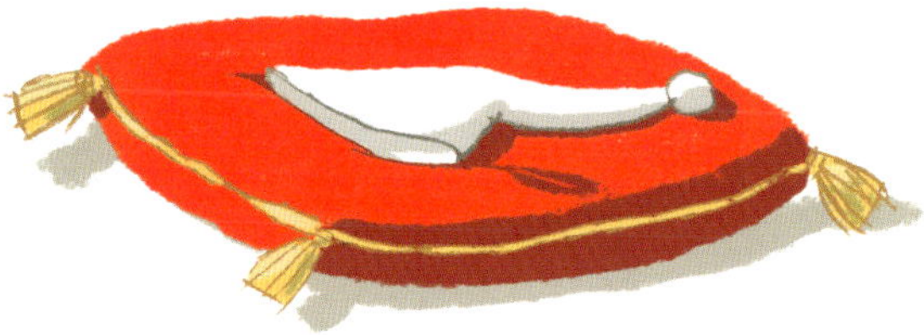

Chapitre 3

Le lendemain matin, le roi se lève de bonne humeur. Il met sa couronne et fait le tour de son château.

– Ha, ha, ha !
rient les marmitons
devant les grimaces
du roi.

– Hi, hi, hi, hi !
rient les jardiniers
devant les pitreries
de Sa Majesté.

– Hohohoho !
rient les soldats
devant les histoires
de leur souverain.

Seule Orphée, la fille du bouffon, ne rit pas. Assise, au bord du lac, elle regarde le roi fixement.

– Vous…vous ne riez pas ? demande le roi.

– Non, Majesté. Je ne ris pas. Vous êtes le roi, pas le bouffon.

Alors le roi s'approche d'Orphée, bien décidé à la faire rire.

Il se lance dans une cabriole **tarabiscotée**, et bam ! se cogne contre Orphée qui tombe la tête la première dans l'eau glacée.

– Oh ! là, là !
Qu'est-ce que j'ai encore fait ! s'exclame le roi en sautant dans le lac tout habillé.

Il saisit Orphée et la dépose
délicatement sur la berge.
La jeune fille se frotte les yeux.
Et ce qu'elle voit la laisse sans voix…

Une algue pendouille
le long de la
couronne du roi.

Et l'habit royal
est couvert
de nénuphars.

Le roi entend alors un son. Un son qu'il aime par-dessus tout : Orphée rit. Elle rit à gorge déployée.

Le roi se met à rire à son tour. Plus ils se regardent, et plus ils rient. Bientôt, Orphée se retrouve dans les bras du roi. Le roi plonge son regard dans les yeux caramel de la demoiselle, qui n'est ni cloche ni moche.

– Je viens de faire
ma plus belle
bêtise, dit le roi.
– C'est vrai,
répond Orphée.

Le roi sent son cœur qui bat :
– Vous prendrez bien un chocolat
chaud pour vous réchauffer ?
– Avec plaisir, Votre
Majesté.

À ces mots,
le roi s'évanouit
de joie…
dans les bégonias.

Peu de temps après, un grand mariage a lieu au château.
Et bientôt, une petite princesse voit le jour.

C'est l'histoire d'un roi
qui est trrrrrrrès heureux.
Et qui chaque soir, devant le feu,
fait **rire** sa fille **aux éclats**
avec toutes ses bêtises de roi.

Fin

300, rue Léon-Joulin, 31101 Toulouse Cedex 9 – France
www.editionsmilan.com
Loi 49.956 du 16.07.1949 sur les publications destinées à la jeunesse.
Dépôt légal : 1er trimestre 2014
ISBN : 978-2-7459-5981-2
Imprimé en France par Pollina - L67506g
Création graphique : Bruno Douin